张文江　主编

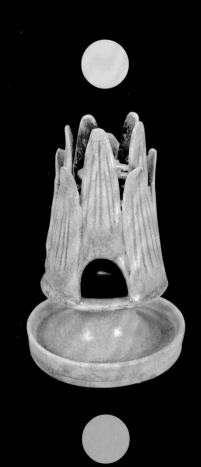

洪州窑作品集

出版说明

收藏古玩，就是收藏历史，就是收藏艺术，就是收藏文化。收藏的旨趣就在于鉴赏与研究，并从中获得他事不可取代的审美愉悦与快乐，此乃高雅之致。现在，随着社会的全面进步，爱好与收藏古玩的人越来越多。为着服务于同好的人们，我们以眼手之能及，将陆续编辑出版"古玩与收藏"丛书，首先出版陶瓷一类，然后视实际而旁及其他。我们将把民间、民窑放在主要位置，资料务必翔实，品位力求高雅，尽力以行家与艺术家兼具的眼光选择民间藏品与流传品，真正使丛书成为业余逛地摊与文物店同好的良师益友。同时为着使丛书越编越好，也请读者积极参与，自荐家藏，使一己之藏得与社会共欣赏，使祖国先民的辉煌创造发扬光大。

湖北美术出版社

目 录

千峰翠色洪州窑　　　张文江

洪州，禹贡扬州之域，开皇九年（公元589年）隋朝建立后，改豫章郡所置，因洪涯丹井为名。治所设豫章，即今南昌，辖豫章、丰城、建昌、建城4县。唐代改为洪州总管府、洪州大都督，领南昌、丰城、高安、建昌、新吴、武宁、分宁7个县。

洪州窑是唐代著名的青瓷名窑之一，最早见于唐代人著录的《茶经》。被称为"茶圣"的陆羽在《茶经》饮茶器皿的论述中写道："碗……越州上，鼎州次，婺州次，岳州次，寿州、洪州次。……越州瓷、岳州瓷皆青，青则益茶，茶作白红之色；邢州瓷白而茶色丹；寿州瓷黄，茶色紫；洪州瓷褐，茶色黑，悉不宜茶。" 陆羽的寥寥数笔，将当时就闻名于世的洪州瓷打入冷宫，使洪州窑披上了一层神秘面纱。洪州瓷的产地究竟在何处？它的品相又如何？千百年来一直

是个历史之谜，这个谜团牵动一代追寻者的心。

现代考古学的一个重要任务就是通过古代遗存和遗物的发现，来证史、补史、纠史，还其历史本来面目。20世纪70年代发现的江西丰城罗湖窑址就是唐代的洪州窑，从这一重大考古发现中我们可以知道，历史上洪州窑的匠师们以其精妙的构思和炉火纯青的技艺，烧制出无数美仑美奂、造型别致、釉色青润、装饰华丽的瓷器，为名副其实的唐代六大青瓷名窑之一。为此洪州窑的考古发掘被列入1993年的中国十大考古新发现之一，1996年国务院公布该窑址为全国重点文物保护单位。

考古资料研究表明，洪州窑历史悠久，早在东汉时期就烧造出成熟的青釉瓷器，经三国、西晋时期的发展，在东晋至南朝时期逐渐进入兴盛时

期，兴旺期一直延续到唐代中期，晚唐五代时期衰弱，延烧时间长达800余年。

东汉晚期和三国东吴时期是洪州窑的初创时期，窑址遗存分布在赣江东岸与赣江相通的支流清丰山溪岸畔的石滩镇港塘村一带。洪州窑工匠承袭了江西地区制陶和烧制原始青瓷悠久历史的技艺，经历长时间的积累和探索，终于在这时期烧造出成熟的青釉瓷器。窑址遗存保留有陶器、青褐釉瓷和青釉瓷器等大量窑业堆积。青釉瓷主要是钵、盆、盏等日常生活用品。但也不乏较高档产品，这些产品制作规整端正，胎质细腻坚硬，胎色灰白，釉质光亮滋润，色调柔和，以青、青绿或青灰色为主。从胎釉特征和物理测试的结果来看，符合现代意义瓷器的标准，是成熟的青釉瓷器。至三国晚期，洪州窑烧造陶器的

数量大大减少，以烧青褐釉和青釉瓷器为主，器物种类除日常生活用器外，增加了为适应丧葬习俗之需的灶、井、仓、鸡笼、鸭圈、狗舍等模型冥器，用于替代汉时的陶质和绿釉红胎质冥器。器物的胎釉、纹样装饰、造型特征与前期基本相同，出现了在器物的口沿、肩部以及器盖盖面等部位施褐色点彩的新工艺，这是一种以铁元素为着色剂的彩绘装饰方法，在整体青色或青绿色光亮的釉面上点缀褐色斑纹，非常醒目。褐色点彩工艺的出现突破了以往瓷器装饰以拍印、刻画为主的传统技法，开辟了瓷器装饰的新思路，对美化瓷器，增强其艺术效果起了重要作用。

西晋时期国家统一，社会相对安定、文化、技术交流频繁，南方经济有了进一步的发展，洪州窑的规模也渐渐扩大，从赣江东岸扩展到赣江西

岸。其时洪州窑生产的青釉瓷种类和造型与三国时基本相同，但数量迅速增长，占据产品的绝大部分，而陶器和青褐釉瓷器的数量则大幅减少，退居次要地位。同时制瓷技术有了较大的改进，原料的粉碎和淘洗更细，杂质较少，原料加工工艺更进步，对瓷土的选择更严格，捏练和陈腐的工艺过程相对较长，使原料中的颗粒得到充分的水解，产生良好的胶质，坯泥经过烧结后，胎质变得细腻致密，瓷器胎体孔隙度的比例较小，釉层不起气泡，胎釉结合较紧密。胎色多为灰白或淡青灰，釉层变得透明，多呈青或青绿色。此时洪州窑的青釉作品除日常用具外，有较多的羊圈、猪圈、狗圈、鸭圈和鸡笼等家禽、家畜模型冥器的出土，这不仅是当时地主豪强牛羊成群、鸡鸭满圈、阙楼耸立、拱卫森严的庄园经济真实历史的写照，

同时也显示了西晋时期青釉瓷器制作工艺的娴熟水平。洪州窑匠师们的高超技术在西晋青釉点彩鹰首壶上得到充分体现，壶的肩部一侧设张口鹰首流，对应的另一侧塑扁平短尾作装饰，两侧置对称半环状系。在器物的口沿、肩部、流部、尾部以及系耳处施褐色点彩，格外清新雅致。聪明的工匠巧妙地把造型艺术、点彩装饰和施釉技巧有机地结合在一起，成功地制作出集艺术性与实用性于一体的美妙佳品，它是西晋洪州窑青釉瓷制作技艺高超的代表。

东晋南朝时期伴随着北方战乱，南方地区相对稳定，大批北人迁入南方，人口数量不断增加，加之瓷器逐渐成为人们喜爱的用品，逐渐取代了铜器、漆器等其他质料的日用品，面对市场需求的日益增多，在历史发展机遇到来之际，洪州窑业主抓住这一

有利的历史契机，把窑址从赣江支流清丰山溪岸畔，全部迁到交通更为便利的赣江西岸的丘陵岗阜地带，不断扩展规模，窑场迅速扩大，并逐渐形成洪州窑东晋和南朝时期的两个中心窑址群，即曲江镇罗湖窑址群和同田镇龙雾州窑址群。此时的窑工不断革新陶瓷工艺，探索陶瓷技术，改革工艺流程，率先在全国使用在焙烧时能随时测验瓷坯生熟的火照，使之能随时控制窑炉温度和火候，保证了瓷器烧造的质量。与以往江苏宜兴涧窑发现的唐代火照相比，将中国制瓷使用火照的历史大大提前。特别值得一提的是洪州窑工发明了匣钵及匣钵装烧工艺，相比较湖南湘阴岳州窑于南朝梁陈之际、安徽淮南寿州窑始于唐代中期、浙江越窑于晚唐时期，使用匣钵烧造，洪州窑是迄今发现采用匣钵及匣钵装烧工艺最早的瓷窑。匣钵是专门用来放置坯件的窑具，其作用在于使坯件避免窑顶落沙对釉面的污染和避免烟火直接接触坯体，使釉面光洁，同时使坯体在窑室内受热均匀，提高产品的质量。另外匣钵胎体厚重，承重能力强，叠垒不易倒塌，可以充分利用空间，增加装烧量，提高产量。匣钵的发明是古代瓷器装烧技术进步的一个重要标志。正因为这些先进工艺的使用，促使洪州窑从东晋后期南朝早期开始进入兴盛期，这时期器物种类增多，器型多样，造型规整，精美绝伦，胎质细腻，坯泥都经过充分淘洗和长时间的陈腐，胎以灰白或浅灰色为主，釉面匀润，多呈青黄、青绿或青色。瓷器的质量较同时期的越窑有过之而不及，远远超出婺州窑、岳州窑、寿州窑。公元381年，慧远在江西庐山建东林寺，创净土宗，并开池植莲，成为第一座种植白莲的佛教道场,影响深远。受此影响,为迎合佛教徒的心理,洪州窑器物的装饰盛行莲花图案。各类碗、盘、盏托、杯等多饰三线、四线重瓣莲纹。图案规整,线条流畅,立体感强,凝釉处呈碧绿色。碗杯类器物的外腹壁刻画的莲瓣,具有浅浮雕效果,莲瓣纹样从平面布局向立体拓展,配以清澈明亮的青或青绿釉,宛如一朵朵含苞欲放的花朵,亭亭玉立于一泓清澈碧透的湖水中,颇具诗情画意。

入隋后,地表层易开采的优质瓷土逐渐匮乏,加之地理条件的限制,洪州窑业主面对资源环境和市场需求的挑战,作出了整合资源、图谋发展的决定,关闭了那些生产、销售条件差的小窑场,集中人力、物力、财力在各方面条件优越的曲江镇罗湖村一带烧造优质新产品,从此罗湖一带形成了隋唐时期的大窑场,从而一跃成为中国古代六大青釉瓷名窑之一。洪州窑工们采用在器坯上施一层较细腻的灰白色化妆土,将器物坯体较深的颜色覆盖,使较粗糙的器物坯体表面变得光滑洁白,增加釉的莹润效果。此时的青釉瓷器造型简洁,更趋秀丽,注重实用性与艺术性的结合。器物采用内、外半施釉或内满外不及足施釉的方法,流行半截釉,釉色呈青、青黄色,釉面光润柔和。装饰题材较南朝时丰富,有水波纹、树叶纹、宝相花纹、草叶纹、蔷薇花纹等,南朝时流行的莲瓣纹仍然盛行。隋代早期的叠烧碗和盘的纹样既受南朝的影响,又有突破与改进,纹饰绝大多数采用模印技法,模印就是在瓷胎未干时,用已经高温烧成的坚硬瓷质印模在胎体上压印凹凸不平的花纹,然后施釉,入窑烧成,在釉下显出花纹。这时期最具特色的产品就是在内底模印各种各样花纹的圜底钵和喇叭形高足盘，纹饰内容多是代表清新自然的树叶、花草、莲瓣、荷叶和蔷薇花等，隋代的文人们常常将日常用的青釉碗、盘、杯、盏等视为自然湖泊和水池，借着碧绿清澈、晶莹剔透的釉色，营造一种回归自然的情趣氛围，达到清静、空寂、恬淡、无为的境界。

唐代是我国封建社会的鼎盛时期，人口大量增加，经济发达，商业繁荣，对外贸易兴盛，瓷器也成为外销商品之一，对瓷器的需求激增，大大刺激了瓷器这一行业的发展，全国各地名窑都在寻求跨越式发展，面对各地名窑的挑战，洪州窑的经营者没有停留在原有的水平上，而是与时俱进，锐意改革，在打造精品，开发新产品的基础上，将瓷业做大做强。首先仍然采用隋代在坯胎上施化妆土的工艺，增加原料产地，扩大原料来源，美化器物的胎釉。其次扩大窑炉的面积，其龙窑长度达三四十米，增加产量和产品的种类，大量烧制百姓需求的青釉碗、盘、钵等日常用品，开发了满足文人雅士需求的独特的多足辟雍砚和海内外市场走俏的仿金银器造型的青黄釉碗、高足杯、六字形把手杯等饮酒器。最为重要的是洪州窑工匠能够充分利用单色青釉的特点，通过胎釉的改造，使胎质细腻，釉层厚而均匀，釉面柔和，光泽感强，使此时期的洪州窑瓷以釉取胜，追求釉色本身的装饰效果，釉色多呈青褐、黄褐色，与陆羽《茶经》描述的釉色相同。这些改革措施使洪州窑的产品质量达到一个新的飞跃，不少佳作受到上流社会的喜爱，甚至远销东亚、西亚一带，并一度成为贡品。《新唐书》105卷《韦坚传》载："韦坚，京兆万年人……天宝元年擢为陕郡太守，水陆运使。……每舟署某郡，以所产暴陈其上。若广陵则锦、铜器、官端绫秀……豫章力士瓷饮器、茗铛、釜……船皆尾相衔进，数十里不绝。关中不识连樯挟橹，观者骇异。"因而作为唐代名窑之一的洪州窑生产的瓷器名列其中自是理所当然的事。作为文人常用的双盂多足辟雍砚应是官府文人雅士喜用之物，圆形砚面周边有一凹水槽，砚边塑一二十个马蹄足，一侧边塑一对长椭圆形敛口小盂，为插笔之用，又可兼作笔掭。多足砚以其砚面周围环如辟雍，又名辟雍砚。除砚面和砚底外皆满施青褐釉，釉晶莹透亮，颇为文人雅士喜爱，至今仍是藏家珍品。唐代洪州窑的文房用具精品还有七联盂，七个圆唇敛口圆弧腹小盂相粘连一体置于一圆饼上，造型独特。这种七联盂与辟雍砚一样亦是当时工匠专为文人雅士烧制

的文房用具。双层重圈纹杯，口沿外一组弦纹下戳印二组重圈纹，釉呈青褐色，开冰裂细纹片，精巧雅致。造型、纹样仿自金银器中的凸纹杯，而该类杯又是对波斯萨珊王朝凸纹玻璃杯仿制。六字形把手杯，一侧塑"6"字形把手，圆饼足。这种仿金属器的器皿，隐约透射出一种高贵的气质。重圈纹杯和六字形把手杯的造型、纹样与唐代长安城出土的金银器相同，它应是对波斯萨珊王朝凸纹玻璃杯和金银器的模仿，其时中西交流频繁，洪州窑的所在地洪州（南昌）就有胡人出没。

晚唐五代时期中国历史又一次进入动荡时期，洪州窑罗湖中心窑场经过业主们几百年的经营生产，瓷土资源已近枯竭，面对困境，他们毅然决定将洪州窑的窑场重心向南迁到瓷土资源较丰富，交通条件更为便利的

曲江镇曲江村、丰城市区、尚庄镇石上村、剑光镇的罗坊村一带。这里设有草市,贸易发达,便于瓷器的交易、转运。这时期的青釉瓷器型有所减少,以罐、碗、盏、钵、炉、高足杯、器盖等日用器为主,另出现了一些新品种,诸如执壶、碾轮、碾槽等。胎体厚重,胎泥陈腐陶洗不够精细,胎色呈灰或深灰色,胎中铁含量较高。器物一般内满外不及底足施釉,釉层厚薄不匀,釉面缺乏光泽,欠滋润,胎釉间不施灰白色化妆土,釉色以黑褐、酱褐、青色为主。装饰以素面为主,除少数弦纹外,未见花纹装饰,总体质量较粗糙。由于战乱和资源贫乏,加之窑业主们改革力度不大,洪州窑开始走向衰落。这时器物一改以往的匣钵装烧法,而是采用裸露叠烧,因而在器物的足缘或内底周缘留存有5~8个长圆形的沙堆叠烧痕。尽管如此,仍然有一些造型精巧,釉色美观的精品,如执壶,肩腹一侧置短弧流,对应的另一侧置扁平把手。

伴随时代向前发展,人们的需求和审美意识、观念的变化,适应了这一变化的江西景德镇、吉安吉州、赣州七里镇、南丰白舍等地的窑场异军突起;同时江浙一带古青瓷窑场更具开拓精神,市场观念强于洪州窑的业主,造成洪州窑竞争无力,至五代时逐渐退出历史竞争舞台。洪州窑虽然退出了历史舞台,但洪州窑悠久的制瓷历史,辉煌的制瓷技术成就,为中国乃至世界的陶瓷发展做出了突出的贡献。

图

版

汉 青釉双系铺首壶 通高 44.7cm 口径 14.8cm 足径 18.8cm

　　仿春秋战国青铜器造型。纹样装饰采用锥刺、阴刻、阳剔和贴塑相结合的手法。盖面阳剔纹样仿青铜镜的阳剔柿蒂纹显富丽华贵，盖面边沿锥刺叶脉纹；依据器体的视觉位置分别阴刻1至4道弦纹，使器物既有区间之分，又使中部扁圆处显浑圆；贴塑铺首衔环仿贵族建筑门饰，喻示墓主人高贵的身份。此器制作精巧，为早期成熟型瓷器的代表作，表明优于陶器的瓷器已步入人们的日常生活中。

东汉 青釉麻布纹四系罐
高 25.7cm 口径 11.5cm
底径 15.3cm

　　灰黄色的胎上施一
层薄青褐色釉，器下腹
可见明显的流釉痕，使
笨拙的罐体瞬间灵动起
来。

东汉 青釉麻布纹四系罐
高 26.5cm 口径 12.5cm
底径 14.9cm

　　四个鸭蹼状横系贴
塑在肩腹部，肩部有两
道凸弦纹，系东汉末的
风格。满身的细麻布纹
是江南纺织业发达的见
证，系下画两道细弦纹，
使单调的纹饰富于变化。
为东汉时期青釉瓷器的
优秀作品。

东汉 青釉虎子
高 15.3cm 长 18cm
宽 8.4cm

　　虎子起源于战国，是六朝时期常见的造型。有人认为是日常卫生用品中的洒水器，我认为它应当是老者和患者所常用的溺器。该器圆筒状腹部右上部塑一圆状口，背上安装弧装把柄。简单而实用。胎体上施薄釉，有明显的流釉痕。

三国吴 青褐釉双系鸡头壶 高 29.5cm 口径 6cm 底径 7cm

　　又称鸡首壶，因肩部塑鸡头而得名。圆腹中部堆塑附加堆纹，既起固定大型容器的作用，又作装饰之用。肩一侧塑象征性鸡首，与器内不相通，开启六朝时常见器型鸡首壶的先河。器型古朴，薄薄的青褐釉，时隐时现，细长的流釉痕，更显原始美。

三国吴 青褐釉双系盘口壶
高13cm 口径10cm 底径12cm

因器物口部呈盘口而得名。内壁见成型时留下的旋削痕，显示了早期制瓷的风格。器型敦实方正，外腹薄釉呈青褐泛黑色。

三国吴 蟹壳青釉麻布纹四系盘口壶
高 20cm
口径 10cm
底径 10cm

肩部塑四个横向半环状系。盘口处以及肩部系下各施一组弦纹，腹部饰麻布纹。造型规整古朴，在深酱色的胎上施蟹壳青色釉，胎釉分界明显。《周礼·秋官·掌客》郑玄注："壶，酒器也。"为洪州窑早期烧制的用于盛装酒浆的器皿之一。

三国吴 蟹壳青釉水波纹六系盘口壶
高 15cm 口径 9cm
底径 11cm

器内外施蟹壳青釉，光亮而不均匀，釉不及底，露胎部分呈现酱褐色。颈至腹下部分别饰水波纹、弦纹和麻布纹。水波纹意喻江河、弦纹代表旋转的陶轮、麻布纹为纺织品，将自然现象和人工制品融合于一体，它是抽象与写实相结合的装饰手法，给人以无穷的遐想。

三国吴 青褐釉网状纹双系罐 高 11cm 口径 8.4cm 底径 10.8cm

肩部塑对称的半环状系。颈部施弦纹，肩部和腹上部饰网状几何纹带，中间隔以弦纹。灰色胎上罩以青褐泛黄色釉，釉厚薄不一，有流釉现象。出土于南昌市东吴高荣纪年墓，为标准的断代器。与江西丰城港塘洪州窑址出土的同类标本相同，可以准确判断其原产地和消费地。

三国吴 青釉六系直口罐 高20.7cm 口径13.7cm 底径14.9cm

斜直肩中部一组弦纹下布六个鸭蹼状横向系，圆鼓腹，斜内收，平底。外壁施青泛黄色釉，器型端庄中见圆润。

三国吴
青褐釉碗
高6cm
口径14cm
足径5cm

外壁三组水波纹排列均匀，在淡淡的青褐釉下，犹如清澈的小溪淙淙流淌。艺术素材来源于生活，反映着窑工们终年生活在赣水河畔，他们很善于把生活中最熟悉的自然现象加以提炼，抽象生动地绘在瓷器画面上。

三国吴 青褐釉纺轮
左：直径 3.3cm 厚 1.2cm 右：3.1cm 直径 1.2cm

新石器时代开始出现纺轮，以后这种传统拈线工具一直延续到近现代。此类纺织工具多出于女性墓，这是封建社会传统男耕女织生活的真实写照。

三国吴 青釉六系盘口壶
高 20cm 口径 11cm 底径 10.8cm

胎色灰白，釉色清亮醒目，较之此前的青褐色釉有一种脱胎换骨的意境。

三国吴 青釉唾壶
高 10.2cm 口径 8cm 底径 9.6cm

唾壶，也称唾器，是卫生用具中流行时间较长的一个品种。该器腹扁鼓，较长的颈部使矮胖的器体略显修长，造型优美。

三国吴 青釉罐

高 20cm

口径 9cm

底径 8cm

　　水具有清澈、宁静的特性，肩部饰有二组水波纹，使直颈、圆溜肩、圆鼓腹的罐体变得圆润、柔和、饱满，形成该器淡雅、清秀的美感。

三国吴

青釉八系罐

高 25cm

口径 6cm

底径 8cm

　　圆溜肩二组弦纹间装饰二组水波纹，器物造型规整。肩腹处贴塑四个对称的横、竖交叉的复系，不仅确保器物的提携而不损，而且使人感觉有立体空间的变化。

三国吴　青釉四系罐
高 18.8cm　口径 10.2cm
底径 13.3cm

　　直颈，口沿外侧有一道凸棱，肩部、腹部施弦纹将器体分开。肩部及腹部分别塑横、竖对称的鸭蹼状泥条系，横向系和竖向系交错对称分布，系的做法原始而实用。

三国吴　青釉六系点彩盖罐　罐：口径 14cm　高 15cm　底径 11.5cm　　盖：高 2.8cm

　　盖，弓形纽，盖面拱起，顶面平，盖沿斜出，盖面施 4 块椭圆形的褐斑。罐的肩腹交界处塑六个对称的泥条状系。点彩是瓷器的装饰技法之一，最早出现在三国时期，以往多认为流行于两晋、南北朝，多见在器物的口、肩、器盖及器物的表面醒目处，形成独特的艺术效果。

三国吴 青釉盖盒

盖盒通高 8cm 直径 12cm

　　盒，圆唇，敛口，弧腹，平底略内凹。配母口宝珠纽盖。盒内底有三个支钉痕，外底有4个支钉痕，口沿有5个支钉痕，盖与盒同烧，胎釉色泽一致。盒的功能多样，可盛放化妆品、药品及茶末等。

三国吴 青釉人字形水井

通高 24cm　口径 14cm　底径 13cm

　　圆筒状井身，配人字形井架，模拟日常生活井制成。晶亮的青色釉面下刻画二组水波纹，犹如荡漾的一泓波光粼粼的小溪。

三国吴 青黄釉人字形水井

通高 23cm　口径 13cm　底径 11cm

　　晶莹剔透的青黄色釉。外腹施二道弦纹，犹如井圈互相套送。井口安设的人字形架，应是井口上安置辘轳的木架。仓、灶、井等是自汉以来传统的冥器，它是庄园经济时代特征的形象反映。

西晋 青釉点彩鹰首壶
高 12cm 口径 17cm
底径 13cm

肩部一侧塑张口鹰首流，对应处塑扁平短尾作装饰，承袭三国鸡首壶的做法。两侧置一对称横向系。别开生面的在口沿、肩部、流及尾、系耳处施褐色点彩，格外雅致。聪慧的窑工巧妙把自然物种移植到器物上，运用造型艺术和施釉技巧有机的结合，动物饰点彩，颇有动感，通体浑然天成。该器出土于永安元年（公元302年）墓中，是断代的标准器。

西晋 青釉鸡首壶
高 21cm 口径 9cm
底径 13cm

酒具类，始见于三国。该件作品改三国时直口为盘口，长颈，丰肩，圆鼓腹，平底。肩部所塑鸡首与前期的实心不同，而是有圆孔与腹相通，对应处设龙首形把柄，既实用又美观，融实用性与艺术性于一体。

西晋
青釉双系盘
口壶
高 17cm
口径 9cm
底径 8cm

器物造型美观，使用方便，扁鼓的器物肩部置对称的系耳，耳面装饰叶脉纹。

西晋 青釉扁腹双系盘口壶
高 8.4cm 口径 4.3cm 底径 5.7cm

　　浅盘口，短束颈，扁矮圆胖的腹体，器体略显不协调，配上对称的半圆环形泥条系纽，使整器变得均衡美满。灰泛红色胎映照着满身青绿色的壶体。

西晋 青釉双系盘口壶
高 6cm 口径 4cm 底径 5cm

　　浅盘口，小巧端庄的造型，晶莹剔透的釉面，满身的细开片纹，展现出工匠的创新能力。

西晋 青釉四系短颈盘口壶 高17.1cm 口径11.2cm 底径9.4cm

盘口浅而大，颈粗短，腹部上部圆鼓，肩部置四个等距的泥条系，器型匀称。外腹壁明显的轮旋痕与弦纹相映成趣，器形实用，考究。

西晋 青釉唾壶
高14cm 口径10cm
底径12cm

古代卫生用具。洪州窑匠师为了满足人们日常生活的需要，不仅烧制大量饮食用具，而且从提高人们的生活质量考虑，设计出了这种吐痰专用具。浅而宽大的盘口便于实用。高束颈、扁鼓腹，使器皿立体感更强。

西晋 青釉直口罐
高 7cm 口径 9cm
底径 9cm

　　青黄色釉面开满
细小冰裂纹，给人一
种自然感。古人追求
釉色雅致、渲染大自
然的美感的效果得到
了生动的体现。

西晋
青釉方格纹双系罐
高 6.8cm 口径 7.6cm
底径 6.2cm

　　直口，扁鼓腹,圆
饼足。肩部置对称的
扁平系，肩腹交界处
二组弦纹内饰斜方格
纹带。

西晋
青釉双系罐
高 9cm
口径 5cm
底径 6cm

　　颈外壁与
肩部系下的凹
弦纹，让本就
晶莹剔透的罐
体更惹人喜爱。
此器出自永安
元年（公元302
年）纪年墓。

西晋 青釉乳钉纹罐
高6cm 口径8cm 底径6cm

　　釉层肥厚，晶莹剔透，黄中泛绿，冰裂纹布满器身。肩部装饰的四颗乳钉颇为讲究，乳钉四方对称排列，象征四方极地，圆圆形罐口视作天空，应对着天圆地方之说。

西晋 青釉大口罐 高 21cm 口径 17.2cm 底径 15.1cm

　　敛口，鼓腹，平底。器体硕大，采用拉坯轮制而成，外腹壁有较明显的轮旋痕，制作规整，肩部塑一道凸弦纹，以能吸引人的注意力。

西晋 青釉四系盖罐 高 15cm 口径 8cm 底径 9cm

　　肩腹交界处塑四个横向半环状系，系下饰二道凹弦纹，口部置盖，盖若似一顶时髦的帽子，惹人喜爱。

西晋 青釉双耳盖钵 通高 10cm 口径 14cm 底径 10cm

　　造型敦厚稳重，配以对称的半圆形系使器物显得协调和谐，让人赏心悦目，集实用性与艺术性于一体。类似今日的汤钵、火锅类煮具，说明这种沿袭至今的饮食法由来已久，它是中华饮食文化的悠久历史的见证物。

西晋
青釉盖钵
通高11m
口径13cm
底径10cm

　　盖钵通体施釉，釉肥厚均匀，淡雅清澈，犹如一池清水，具有一种柔和的风格。说明工匠已经熟练掌握施釉技术。

西晋
青釉盖钵
通高8cm
外径9.4cm
内径6.8cm
底径6cm

　　青黄色釉覆盖整器外壁，使器物显得金碧辉煌，釉面开细小冰裂纹，更是充满艺术感。

西晋 青釉弦纹钵 高 13cm 口径 22cm 足径 10cm

敛口，圆鼓腹，圆饼状实足。腹部有一组弦纹。外腹近底留有一周较为密集的锯齿状支圈的痕迹，时代特征明显。伴有永安元年（公元 304 年）铭文铜镜。

西晋 青釉点彩碗 高 6cm 口径 16cm 足径 11cm

青绿色釉，在口沿装饰一周较密集的褐色点彩，褐绿分明，改变了釉的单色效果，起到突出醒目的效果。

西晋 青釉盏（2件）
左：高 3cm 口径 9.7cm 足径 5.2cm　右：高 3.2ccm 口径 10.2cm 足径 3.8cm

内底三个支钉及内底边缘和口沿外侧各有一道凹弦纹，显示其属西晋的时代特征。青黄色釉面开满冰裂纹，小巧的造型，颇惹人喜爱。

西晋
青釉盏
高 3.3cm
口径 10.4cm
底径 5.4cm

规整的造型，精致的做工，内底的旋坯痕清晰可见。淡淡的青黄色釉面留有三个支钉及不经意的黑斑点，增添了人们的遐想。

西晋
青釉鸟形盏
高 5.5cm
口径 10.4cm
足径 5.2cm

腹部前贴一雏鸟，后饰上翘的鸟尾。鸟圆头尖喙，双翅飞展，神态安然。

喻示着人们对美好生活的憧憬。

西晋

青釉洗

高 9.3cm

口径 26cm

底径 15cm

平折沿，弧腹，平底。外腹壁有一组弦纹，青黄色釉，釉面有少许剥落，表明胎釉结合不甚牢固。

西晋

青釉平底洗

高 6.6cm

口径 15cm

底径 9.5cm

圆唇，斜折沿，敛口，弧腹，平底。承接三国时的风韵。青黄色釉，釉开细密的冰裂纹片。器形规整，釉层厚薄均匀，晶润剔透。

西晋

青釉平底盘

高 3.3cm

口径 16cm

底径 9.5cm

腹壁与内底相交处有一周凹弦纹，使器皿的分界线明显，增添了器物的美感。

西晋 青釉耳杯（2件）
左：高 2.3cm 宽 8.3cm × 10.5cm　右：高 2.5cm 宽 7.9cm × 10.9cm

　　耳杯，又称羽觞，为古代流行的酒具。杯体椭圆形，两侧突出把耳。质地有铜、漆、木等。由于漆器制作工艺复杂且昂贵，西晋时出现瓷耳杯，以便于商品生产和流通。

西晋 青釉灯盏 高 9cm 盏口径 8cm 盘底径 8cm

　　盏底承圆柱状把，下连接深腹盘，托盘与盏相粘连成一体。盏用于盛油及放置灯芯，托盘承接废弃物，设计科学合理，造型灵巧、精致。

西晋
青釉三足水盂
高 7cm
口径 6cm

扁圆鼓腹,圈底下附三乳状足,使原本矮胖笨拙的器体显得圆润协调,配上满身的戳印方格纹,器体又显结实。表现了该时期富丽繁褥的装饰风格。

西晋
青釉敛口盂
高 6.3cm
口径 7.7cm
足径 6.9cm

敛口,圆鼓腹,圆饼足。白胎,青黄色釉,外腹壁有少许剥落釉斑。造型端庄,线条圆润。

西晋
青釉直口水盂
高 5cm
口径 8cm
底径 5cm

胎壁较薄,修削技术高超。青黄色釉细腻,开满冰裂纹。

西晋 青釉三足砚 高 3.6cm 直径 11.3cm

　　圆形砚，边缘一周凸起呈子口状，底部三熊足呈顶立状。胎色灰白，砚身及底施青釉，微泛黄，釉面光滑，开冰裂纹。砚面无釉，以利研磨。

西晋 青釉过滤器 通高 14cm 口径 13cm 底径 9cm

　　肩部置一对绳纹双竖耳，腹、底部分别有三四行排列有序的圆形镂孔，配笠帽形盖，器内盛有耳杯、碟等器物。造型奇特，设计巧妙，将装满杯、碟的饮食器放入沸水中煮泡消毒，沸水从圆形镂空中溢入、溢出，方便实用。这种十分考究的卫生消毒用具的问世，大受人们的喜爱，显示该时期人们对生活质量的追求。

西晋
青釉水波纹擂钵
高 7cm
口径 14cm
足径 13cm

肩腹部二组弦纹中间饰带状水波纹，外腹壁施青色釉，恰似在绿色的大地上一条明亮清澈的小溪。器型带有三国时遗风。红黄色土侵入，器胎散发着迷人的历史芳香。

西晋
青釉高足擂钵
高 7cm
口径 7.8cm
足径 6.9cm

器物胎体厚重，稳重实用，为青釉研磨瓷器中的佳作。

西晋 青釉五联罐 高 35cm 口径 12cm 底径 15cm

　　又称谷仓罐，三国至西晋时期墓葬中较为常见的随葬品。罐颈部均匀塑四个小罐，故名五联罐，其周围堆塑有亭台楼阁的建筑、人物、羊等，并点缀有大量的飞鸟。堆塑的形象姿态各异、形神兼备，图案丰富繁杂、造型独特新颖。堆塑的场面呈现一种欢腾、忙碌的情景，表达了人们祈盼五谷丰登的热切心情。

西晋
青釉虎子
通高
27cm
长径 30cm
短径 18cm

造型较之三国时期的虎子变得更复杂，上部的圆状流上斜，底部附四矮足，器身中部收束，且刻画纹饰，提梁塑呈螭龙状，更加艺术化。

西晋 青釉羊形器 高 24cm 长 32cm

羊性情驯良、温和，是一种祥瑞动物，备受人们喜爱。羊的文化内涵丰富，多与美好、丰盛、道义、吉利有关。早在商周时期，其形象就引入青铜器的装饰中，晋代人们乘车常用羊牵引，羊车流行朝野，应是取其吉利，反映了晋人的时尚。

该器把羊塑成卧足昂首状，中空，有可能是祭器或陈设器。

西晋 青釉狮形烛台 高7.3cm 长12.2cm

　　该器塑呈昂首蹲伏辟邪状，似狮而带翼。器身刻画、印贴胡须鬃毛及兽尾，背部有一管状插口。通体施青釉，釉面均匀光润，胎质坚硬。这种以猛兽巧做的器物应是古代人祭祀时用的烛台。

西晋
青釉狮形烛台
通高13cm
长17cm

　　狮身呈蚕茧状，四矮脚置腹下。竖耳，目圆睁，小鼻朝天，宽嘴露咧齿，头鬃垂披，颈部贴塑鬃发，长尾，背部正中所置的圆管与器身相通。狮作成日常生活的照明用具，带有驱鬼怪、辟邪恶的意思，被人们视为压邪的神物。

西晋
青釉蛙形烛台
高 8cm
口径 5cm
底径 5cm

蛙是益虫,人类很早就认识它,在新石器时代已出现其图像,江西新干商代大墓也有其身影。该器塑成蛙状,中空,背塑圆管状烛台,形象生动,栩栩如生,不愧为一件艺术珍品。

西晋 青釉点彩蛙形烛台 高 13.6cm 口径 3.6cm 底径 12.3cm

此器肩腹部两侧分别堆塑上昂的蛙头及弯曲的四肢,呈曲肢跳跃状,盂体似蛙之鼓腹,形象写实而又不失夸张。加之在蛙的眼、四肢等部位施褐彩,形成独特的艺术装饰效果。也有可能作水盂用。

西晋
青釉镰斗
通高 7cm
口径 12cm
底径 3cm

镰斗是加热用的炊具，又称刀斗或刁斗，秦代陶器中已有此造型。

西晋
青黄釉瓢尊
高 5cm
口径 10.5cm
底径 6.8cm

深腹，器显臃肿。器口一侧配斜上翘的短把柄，使器体动。

西晋 青釉勺 通高 4cm

为当时常用饮食器。柄上粘存的黄色土锈斑痕，散发出浓浓的幽古之情。千余年前的勺类只是日常生活的瓷质用器，然而，在明代景德镇御窑厂出土的青花梵文长柄勺，却为永乐皇帝作法事时净手专用，这种功用的改变，蕴含着社会政治文化的演变。

西晋 青釉瓢尊 高6.7cm 口径13.5cm 底径7.2cm 把长5cm

　　仿铜器造型，在外腹中部有一圈堆塑泥条，既加固器物，又起美化的作用。口沿一侧塑曲把柄，方便实用。

西晋 青釉汤盆与勺 盆：高9cm 口径18cm 足径8cm 勺：通长7cm

　　均为实用器，表明西晋时瓷器作为日常生活用品已逐渐取代漆器和铜铁器成为主流。宽平折沿的盆可让人免烫手之虞，科学实用。

西晋 青釉耳杯盘 通高 4cm 盘口径 18cm 底径 12cm

　　属明器，模仿漆器造型。由于漆器制作工艺复杂且昂贵，因而随葬品多用瓷质模型代表，这反映了古人视死如生的观念和当时的经济技术、社会风尚。

西晋
青釉人字架井及吊桶
井高 17cm 桶高 4cm

　　器物造型与三国时相同，唯井身的弦纹施在中部。有配套的人字形提梁吊桶。虽为冥器，但却真实地反映当时庄园经济的设施。该器出自西晋元康七年（公元297年）墓中，为珍贵的纪年器。

西晋 青釉船形灶 通高 15cm 最长 27cm 宽 18cm

　　冥器。船形，灶面镂三个火眼，分别置锅、釜、甑及罐等炊器和水器。灶前有一正方形灶门，作投柴用，灶尾镂一圆形出烟气孔。造型源自东汉时的绿釉陶灶，唯灶尾变尖，灶前有一挡火墙。

西晋 青釉船形灶 通高 14cm 最长 24cm 宽 16cm

　　灶尾上翘，镂一圆形排烟口，高于灶口，利于排烟。此器出自西晋元康七年（公元 297 年）墓。

西晋 青釉立鸟谷仓 通高 21cm 底径 16cm

　　顶部立一飞鸟。器身置三周凸棱，把仓体从上而下分成四级。腹中部开一长方形仓门，门两侧各置一有孔耳形门栓，带钮方形仓门板与其配套组合使用，既有防盗功能，又方便进出，更兼防潮作用。仓的造型别致，功能齐备，是西晋时期南方地区储藏谷物器皿的一个物证。器出自西晋永康七年（公元297年）墓葬。

西晋
青釉立鸟谷仓
通高 24.2cm
底径 15cm

　　圆肩封顶，顶中央
塑一展翅欲飞的小鸟，
鸟是古代人们非常喜爱
的动物，有神鸟和朱雀
之称，兼有通天地的功
能。器体饰三周凸棱，镂
一长方形仓门。造型庄
重规整。

西晋
青釉立鸟谷仓
通高 25cm
底径 13cm

　　四周凸棱把器体分
成五等份，全身上下全
封闭，唯腹中部开长方
形门，器型仿自当时的
谷仓建筑，稳固密封、安
全防潮，设计合理得当。
盖顶的立鸟反应时人的
思想观念和审美情趣。

西晋 青釉茅厕 通高 7.7cm 边长 12cm

　　古人不仅要薰衣剃面，傅粉施朱，而且讲究人居卫生环境，备有厕所等卫生设施。该器一门四墙，门开在一侧，墙四角塑尖状防卫物，室内设台形蹲坑，坑前有一圆形脚踏，以区别过道和厕位，更为讲究人体清洁。墙外一侧排污口处，塑争食犬一对。在制作上采用写实手法，充满浓郁的庄园生活气息。从一个侧面透视出古人的文明程度。器出西晋元康七年（公元297年）墓。

西晋 青釉茅厕
高 13cm 长 25cm 宽 13cm

　　随着人们生活水平的提高，卫生意识也在不断增强，茅厕的制作更趋于讲究，由露天发展到盖有屋顶。该器置于长方形底板上，四周砌墙，正面一侧开门，四面坡屋顶，四垂脊斜出屋檐四周，蹲厕人可免受风雨和炎热寒冷之苦。室内设台阶，上置蹲坑，侧墙设排污口，建筑结构更从人本需要考虑。

西晋
青釉茅厕
高 10cm
底径 13cm

建筑物呈圆形，置扁平底板上，两面坡屋顶，顶上四垂脊出檐，勾画瓦栊。正面开门作半掩状，室内设粪坑和蹲坑。后墙底边开圆形狗洞，一狗正作钻入状。西晋时的茅厕形制多样，反映各地生活习惯和建筑有所不同。

　　造型承袭东汉时的圆形尖顶鸡舍的形状。顶塑动物，舍面镂一周条状细孔，可供采光和通气。从一个侧面反映了当时六畜的养殖状况。

西晋 青釉鸡舍 通高 12cm 长 11cm

　　舍身呈长圆鼓形，屋顶贴塑沟檐，正面镂两个大小相同的方形孔和条形台面，供鸡进出。这种家禽屋舍的设备更齐全，为避免潮湿，底部塑四个圆柱形短脚。南方名窑大都烧制这种鸡舍模型，这些作品正是当时社会经济形态的生动反映。

西晋 青釉鸭圈 高6cm 口径14cm 底径10cm

　　魏晋时期家畜养殖业兴旺，家禽、家畜大都采用圈养。该瓷质鸭圈模型周身镂大小不一的长方形孔，间隙刻画叶脉纹，似将鸭圈置在阴凉的树丛中，凉风习习，禽类生活安逸。圈内三只形态各异、栩栩如生的鸭，正在等待主人的喂食，十分惹人喜爱，神态逼真。

西晋
青釉狗圈
通高 7.2cm
口径 15cm
底径 13cm

　　圈内捏塑两狗，一只侧卧圈底作憨睡状，另一只睁目站立作看护状，竖耳，翘尾，警惕注视前方，神情严肃，生动传神。

西晋 青釉家畜群
马高 10.7cm 羊高 4.8cm 犬高 5.8cm 鸡舍高 5.7cm 双鸭高 4.2cm 猪长 5.7cm

中国古代一般将马、牛、羊、鸡、犬、豕（小猪）称为六畜。此组雕塑群由鸡、马、羊、犬、猪、鸭组合成一幅形态逼真、栩栩如生的家禽、家畜兴旺图，反映了西晋时乡村生活情景。这组家禽、家畜雕塑出自西晋元康七年（公元 297 年）墓。

西晋
青釉狗
高 5.7cm
长 10cm
脚宽 4.2cm

狗呈四脚站立状，头微抬，短尾，短脚，身躯圆短显肥胖。

西晋
青釉马俑
高 13.1cm
　　 14.3cm
脚宽 6.5cm

　　马作四脚站立、抬头负重状。背上鞍荐前套马颈、后套马后腿，显示出一副准备长途跋涉的状态。灰白胎，外表刷一层薄釉，釉呈淡青绿色。

西晋
青釉象俑
高 12cm
脚宽 5.9cm

　　四脚站立、头低垂，尾巴卷贴于后部。背部塑鞍座。头部及背部刻画纹饰，眼睛点褐彩，起画龙点睛的作用。

东晋
青釉双系鸡首壶
高 25cm
口径 11cm
底径 15cm

　　鸡首作流，圆棍状把手高于盘口，把手执柄的空间大，增添了使用的稳定性。鸡首高冠长颈，似在引吭高歌，有着雄鸡一唱天下白的意境。变西晋的装饰为实用，既趋于实用，又显高雅。东晋鸡首壶，盘口大、流小，倾倒出入更为便利，整器更显清秀。

东晋
青釉四系盘口壶
高 20cm
口径 12cm
底径 14cm

　　外腹壁清晰规整匀称的轮旋痕，显示窑工使用快轮拉坯的娴熟技艺。整器形体浑圆，稳重大方，制作精美。

东晋 青釉双系鸡首壶 高30cm 口径13cm 底径13cm

　　肩部一侧置象征性的鸡首流，对应处贴塑扁平微翘的鸡尾。两侧的对称系为竖向双泥条状。腹部饰仰、覆对称的双勾莲瓣纹。佛教自东汉从印度传入中国以来，魏晋时崇尚，莲花图案自晋后风靡中国各类工艺品，瓷塑作品也不例外。该器型体硕大，造型挺拔，注重装饰布局，并采用刻划、锥刺、贴塑、堆雕等装饰手法，为难得一见的珍品。

东晋　青
釉贴花四系盘口壶
高 17.3cm
口径 9.7cm
底径 9.5cm

　　盘口处见六个褐
色点彩，肩部设四个
对称的横向条形系，
系与系之间贴塑两大
两小圆形莲蓬，具有
浓郁的宗教图案色彩。
器型矮胖沉稳，造型
独特新颖，使壶体的
实用性与艺术性有机
结合在一起。

东晋
青釉四系盘口壶
高 14cm
口径 9cm
底径 8cm

　　圆鼓器腹，器显
矮胖，稳重，莹润亮丽
的青釉。局部留存的
土锈斑，也难以遮挡
作品釉色的圆润，优
美端庄的造型。

东晋
青釉四系罐
高 14.2cm
口径 13cm
底径 14.6cm

器物线条圆润
流畅,转角柔和,造
型优美大方,施青
釉,开细冰裂纹,釉
层莹润,为东晋青
釉瓷中的精品。

东晋
青釉盘口壶
高 23cm
口径 10cm
底径 14cm

该类盘口壶多
作盛酒器使用。器
物的制作精细,转
角分明,线条圆润
流畅,显示出洪州
器的艺术品位。

东晋 青釉六系罐 高 19.2cm 口径 16cm 底径 13.6cm

　　斜溜肩置两个对称横系，两个对称复式竖向条形系，系下施二道凹弦纹，青绿色釉，釉底线有不规则的积釉痕，腹部有条状的流釉痕，犹如数绿波在湖水中飘动。这是洪州窑工匠心独运，高超技艺的结晶。

东晋
青釉六系点彩罐
高 19cm
口径 18cm
底径 17cm

　　口沿分布细密的褐色点彩，十分醒目，时代特征和风格明朗，是东晋洪州窑的代表性作品。

东晋
青釉唾壶
高 13cm
口径 6cm
底径 8cm

卫生用具。小巧玲珑，晶润柔和的青玉般釉面，犹如一泓清漪的湖水。

东晋 青釉盘口壶 高 17cm 口径 7cm 底径 9cm

扁圆鼓器腹，小巧的盘口，显现出东晋时期独特的艺术风格。柔润的青色釉和圆圆的器腹，似有抚青玉之感。

东晋 青釉钵 高4.5cm、口径13.6cm

　　窑工细致拉坯修削而留的旋削痕留存在器物的内、外腹壁，满施青釉，釉面泛青黄色，全身布满细密冰裂纹。器型规整、典雅，给人亲近感。

东晋 青釉点彩盏 高3cm 口径8cm 底径6cm

　　外腹壁有一组规则的轮旋痕，口沿点饰不规则褐彩斑。器出自东晋永和三年（公元347年）纪年墓。

东晋
青釉带托香熏
通高 23cm

古代的富裕人家多用香熏在室内熏香或熏衣被，以保持香气。香熏的功能不同，其所焚的香料不同，故型制也多样。典雅、精致的香熏，除了熏衣、祭祀娱神场所使用外，另一个重要的作用就是文人把它作为书斋的陈设品，既可以起装饰作用，又可以驱除污浊之气、清洁环境，调节情绪。古代就有"红袖添香夜读书"之说。

东晋
青釉带托灯盏
通高 19cm

灯盏置于碗状承托上，相互粘连。晶莹亮润的釉面上开细小冰裂纹，给人一种冰清玉洁之感。

东晋 青釉香熏 通高 21cm 底径 16cm

　　一般人都难以将香炉与香熏区分，但细细捉摸可看出凡带盖（有镂孔）者均为香熏，余者为炉也。古人在祭祀娱神时特别注重熏香，营造一种神秘的气氛。该熏盖作成蓬莱仙山楼阁状，盘中承柱镂三角形，外壁塑3个拍鼓的胡人，应是古人娱神活动的生动体现。西域胡人出现在瓷作品中，应是当时中西友好交往、文化交流的物证。

东晋 青褐釉盖盒
通高 8.2cm

　　母口盖，与西晋喇叭形盖有别，其封闭性、牢固性更好。外壁满施青褐泛黑色釉，釉面晶莹，显得雍容华贵。器物出于东晋永和三年（公元347年）墓。

东晋 青釉三足砚
高 3cm 口径 13.3cm
足高 1cm

　　瓷质砚流行于汉唐之间，宋以后石质砚盛行。该器圆形，砚心微凸，边墙下部有一道凸棱，底塑三足，早期砚的典型特征明显。

东晋
青釉蚕茧形虎子
通高 24.5cm
最长 31cm
最宽 16cm

　　由西晋虎子演化而来，口颈改西晋向上的特征，塑成平口，口沿饰弦纹，背上提梁由虎头状改为半圆形，股上尾巴由贴附改为三角形兽尾。

南朝
青釉鸡首壶
高 26.8cm
口径 11cm
底径 14.8cm

　　壶颈细长，壶身增高，圆溜肩部置桥形系，肩一侧塑鸡头，鸡冠突出，圆嘴与器腹相通，另一侧置圆股状把手，器形规整修长，较两晋时简化。雄鸡作为阳性的象征，古人把它视作能消灾、除百病的神灵之物而加以信奉。

南朝 青釉双系盘口壶
高 12cm　口径 6cm　底径 4.8cm

　　盘口较深，细束颈，腹部弧鼓，平底。肩部塑对称横向半环状系，系的上下各有一道弦纹，底部有3个支钉痕。造型及装烧方法均延续东晋作风，但釉层较厚，釉面润亮，乃南朝时的代表作品。

南朝
青釉双系盘口壶
高 26cm
口径 11cm
底径 12.8cm

　　造型修长典雅，器物转角、起棱明显，粘合处毫无缝隙，浑然天成，形成了南朝器型的显著特征。

南朝
青釉六系盘口壶
高 28cm
口径 14.2cm
底 14.7cm

　　肩部贴附六个桥形系，系之大小相同，分两组对称相贴。桥形系使器物的提携方便稳固，同时使圆鼓的器腹有了棱角的变化，增添了作品的美感。

南朝 青釉八系盘口壶 高 30cm 口径 12cm 底径 4cm

　　规整的造型，略显高挑的身材，呈现出别致的风韵。淡淡的青釉上另挂有参差不齐的深色青釉，恰似一幅泼墨的山水画。

南朝
青釉八系盘口壶
高 30cm
口径 12cm
底径 17cm

盘口较浅直，腹壁微弧，青黄色釉裹满全身，器物高大，略显笨拙。

南朝
青釉八系盘口壶
高 28cm
口径 12cm
底径 15cm

端庄的造型，肩部配以方正的六个桥形系，作品的灵性气息油然而生。釉面玻璃质感强，黄绿色釉开细冰裂纹，翠绿得让人垂涎欲滴。特别是盘口下对称的坠耳系，犹如风姿绰约的美女，挂上一对摇弋迷人的青绿色的玉耳环，风情万种，楚楚动人。

南朝
青釉唾壶
口径 8.5cm
底径 8.5cm
高 10.5cm

釉色清亮，釉面开细冰裂纹使得作品显得格外富丽。壶体线条圆润流畅，造型优美。

南朝
青釉唾壶
高 13cm
口径 9.3cm
腹径 18cm
底径 9.8cm

盘口折棱，扁鼓腹，圆饼状足，器显得修长，造型端庄规整，古朴典雅，釉色莹亮雅致。

南朝 青釉四系罐 高12cm 口径6.8cm 底径10cm

　　釉层肥厚，近底部积釉处呈现窑变结晶体，表明窑炉温度已达到较高的程度，它是中国早期窑变的代表作品。

南朝 青釉四系罐（2件） 高9.2cm 口径7cm 底6.7cm

　　造型规整，线条圆滑流畅，肩部塑4个对称半环状系，通体施青黄色釉，釉面开细冰裂纹。

056
057

南朝 青釉六系罐 高 12cm 口径 14cm 底径 14cm

　　在圆鼓腹罐体的肩部贴塑六个切削整齐的桥形系，使器物造型的柔和与硬挺完美结合。

南朝
青釉四系罐
高 11.8cm
口径 7.3cm
底径 7.5cm

　　造型端巧，系耳平整，棱角分明，腹下部可见明显的轮旋痕，显示了处在繁荣昌盛时期洪州窑工匠的高超拉坯制作技术。

南朝 青釉莲瓣纹六系罐 高19.8cm 口径10cm 底径12cm

在器体下腹部刻画双层仰莲纹，朵朵莲花含苞欲放，由浅入深的刻纹，绚丽多彩，给人一种"接天莲叶无穷碧，映日荷花别样红"的美妙意境。青绿色釉和莲瓣纹装饰代表南朝文化的审美价值观。

南朝
青釉喇叭瓶
高 30cm
口径 14cm
底经 11cm

　　细束颈，圆鼓腹，外壁满施青黄色釉，足墙处有一周积釉痕。胎坚硬细腻，青釉亮丽，釉面开细冰裂纹。

南朝
青釉四系弦纹盖罐
通高 14.7cm
罐口径 8.6cm
底径 17.6cm

　　罐与盖相配套，盖面的桥形钮、弦纹与罐肩的桥形钮、弦纹相互对应，互成一体，珠联璧合。罐体的青绿釉窑变很有层次，上部灰白泛青，下部青中泛绿，这种窑变现象是工匠无意间让其在窑炉中形成，流淌下来的画面自然生动。

南朝 青釉莲瓣纹碗 高8cm 口径16cm 足径6cm

　　外腹壁刻画四层莲瓣纹，包裹器腹，犹如在一泓碧池中朵朵青莲含苞欲放。罩以晶莹的青绿色釉，极力渲染绿色大自然氛围。古人喜欢把器皿用莲瓣、菊瓣图案装扮，反映饮用者将盛着茶汤的器皿视作湖泊、清池，营造出湖光山色幻影般的自然效果。

南朝 青釉莲瓣纹碗 高8.8cm 口径14.6cm 足径6.9cm

　　外腹饰双层莲瓣纹，窑工用熟练而洒脱的笔触画莲瓣，图案设计独特，莲花纹饰优美，莲瓣叶较尖，瓣纹雍容饱满，充分体现出水芙蓉的优美风姿。章法简洁，层次感强。

南朝

青釉莲瓣纹碗

高 7cm

口径 13.8cm

底径 5.8cm

　　采用剔刻、画花的装饰手法,利用器物口大、足小、弧腹的造型,设计出莲花盛开的生动图案,在碗的外壁饰一周双层莲瓣纹,莲瓣肥厚圆润、饱满,中间出筋,产生浅浮雕的艺术效果,使日常生活的碗成为一件淳朴庄重、素雅脱俗、精美绝伦的工艺品。

南朝 青釉莲瓣纹碗 高 8.2cm 口径 14.2cm 足径 6.2cm

　　南朝时自印度、西域传来的佛教盛兴,作为佛门之花的莲花广为流行。各种器物、建筑上均可见到该类装饰,洪州窑的作品也沉浸在崇尚佛教文化氛围中,匠师们在小小的碗足也打上莲花图案的烙印,这种在人们视线不及的地方刻划纹饰的做法也开启了后世在底足刻款的先河。

南朝 叠装的青釉碗 通高 14cm

　　由大至小依次叠装不同的器物，置放在圆桶形平底匣钵内装烧。解决了防止落砂和承重的重要问题。这套青釉碗的发现，证明了此时的洪州窑是我国最早采用匣钵装烧技术的窑场。

南朝
青釉深腹碗
高 8cm
口径 12.2cm
足径 4.4cm

　　器物简练而饱满，淡淡的青釉罩于圆润器皿上，似在不停的旋转，展示其丰满的器身。

南朝 青釉钵 高 8cm 口径 18.3cm 足径 10.7cm

微卷曲的口唇，使敦厚端庄的饼足钵，有着圆润的变化。

南朝 青釉钵 高 8cm 口径 17cm 足径 9cm

器型典雅大方，器体柔和，釉色青绿，器物制作精细，是该时期的代表作。

南朝 青釉莲瓣纹盘 高 4cm 口径 25cm

　　内底心一周弦纹内饰十三个同心圆纹，示为莲蓬芯，外围双层莲瓣纹，中央的重圈莲芯意味宝珠，加之盛行的莲花图案，更显佛教在人们心目中的地位。该作品出自齐永明十一年（公元493年）墓中，型制规整，胎质细腻，釉层莹润，图案布局合理，且具层次感，是一件珍贵的艺术品。

南朝
青釉莲蓬纹盘
高 3.4 cm
口径 10.9cm

　　盘内中心圈内饰三单体莲蓬纹，与外裹双层莲瓣组成一幅莲花盛开图，加之釉色的衬托，烘托出中央的莲花图案，好似一幅江南盛夏荷莲花开的田园美景图。
　　出污泥而不染，濯清涟而不妖"，古人将莲花视为美好、圣洁的象征。

南朝
青釉圜底盘
高 2.2cm
口径 10.5cm
底径 3.2cm

　　尖圆唇，浅弧腹，圜底。口沿部有一道凹弦纹，内底留有4个支钉疤痕。釉色青黄，开细冰裂纹，釉层匀亮。

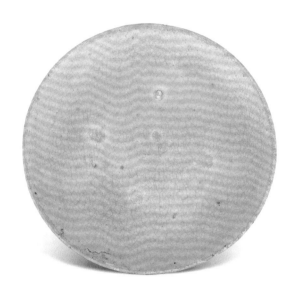

南朝
青釉圜底盘
高 2.3cm
口径 14.2cm
底径 3cm

　　造型和装烧方法与前述圜底盘相同，唯釉色不同，显青绿色，表明窑火的难于控制与人们的喜好不同，需求也不一样。出自齐永明十一年(公元493年)墓中。

南朝
青釉圜底盘
高 2.3cm
口径 14.2cm
底径 2.6cm

　　尖圆唇，弧腹壁，圆圜底，线条简约，内底留有3个支钉疤痕，表明洪州窑多样的装烧方法。

南朝 青釉莲瓣纹盏托 高3cm 口径13cm

　　《演繁露》记"托始于唐，前代无有也。崔宁女饮茶，病盏热熨指，取楪子融蜡像盏足大小而环结其中，置盏于蜡，无所倾倒，因命工髹漆为之。宁喜其为，名之托，遂行于定"，知托始于唐代。该器内底中心有一圆圈凸起，便以承托盏类器皿，证明至少在南朝就流行这类器物。江南是茶叶的盛产地，汉晋时渐形成饮茶习俗，盏托的流行是这种风尚的历史见证物。

南朝 青釉莲瓣纹碗托及碗 通高12cm 碗口径16cm

　　托内底和碗外壁分别刻饰莲瓣纹，使碗与托相配成一个整体，宛如一朵盛开的娇艳柔美的莲花，罩以莹润的青釉，成为一套造型优美、纹样精美的典雅茶具。当饮茶者端着这类盛有茶汤的碗时，犹见一泓碧绿湖水，品茶者似乎沉浸在自然豁达、悠闲自在、情趣盎然的境界中。

南朝
青釉盏
高 3.9cm
口径 6.6cm
足径 2.6cm

　　莹润的青釉，规整的造型，棱角分明的器身，略泛灰色，与古人对茶器的雅、坚、洁的标准相吻合，为的是追求对自然的亲近和崇尚。

南朝 青釉盏 高4.6cm 口径9cm 足径4.4cm

　　底部露红胎，衬托大片的青绿色釉。"轻旋薄冰盛绿云"，文人对碧绿釉色的偏好可见一斑。

南朝 青釉洗 高6cm 口径16cm 足径12cm

　　扁圆的器腹中上部施二道凹弦纹，改变了器体矮胖的视觉，配以青绿色釉，浅处泛黄，深处呈墨绿色，起到美的视觉效果。

南朝 青釉高足杯 高 9.5cm 口径 9.8cm 足径 6.7cm

　　釉呈青泛绿色，绿釉很有层次感，似江南春色满园的美景。造型与古罗马拜占廷时期的金银器高足杯相同，是中西文化交流的结晶。

南朝
青釉杯
高 4cm
口径 6.6cm
足径 2.4cm

　　器型方正，小巧玲珑，均匀莹亮的釉层。精巧雅致，为杯类中的上品。

南朝
青釉高足杯
高 10cm
口径 8cm
足径 6cm

　　清新雅致、晶莹剔透的釉色，绘就成了一幅清净纯朴、远离尘世的生活情景。南北朝时社会动荡不安，人们崇尚清淡的"浮华"之风，饮茶之风正合此意。为了迎合这种风尚，洪州窑生产了大量这种杯盏类饮茶器皿，在盛夏时更加清凉爽快。

南朝
青釉高足盘托转杯
通高 12.5cm

　　高足杯置于高足盘中间，杯盘均折腹，棱角分明，器物硬挺端巧，釉面晶莹剔透，所开细冰裂纹，极具艺术的穿透力。更让人拍案叫绝的是盘中高足杯可以左右转动，构思精妙，工艺精湛，系南朝青釉中的绝妙作品。

南朝
青釉托杯
通高 12cm

　　深腹高足杯，置于喇叭形高足浅盘中间，托盘与杯组合成一个整体，整器显得高雅端庄，不失为南朝精巧的酒具。器物具有的美感形象和象征含义呈现的碧绿色，寄托着匠师们对绿色大自然的崇尚。

南朝
青釉高足盘
高 10.6cm
口径 13.4cm
足径 10cm

　　浅盘，下承高喇叭状足，盘壁近底部有凹棱，显示其器的曲线美。釉面开细冰裂纹，釉色翠绿呈青绿色，娇艳欲滴，把足外壁下部釉面粘存有两处红色土锈侵斑，让人备觉器物的古老。

青翠的釉色，精致的器皿，盛满瓜果，景色宜人。胎变薄，腹变浅，高足盘变得轻盈婉约，盘腹折棱，高喇叭把足圆润，两相结合，造就一种艺术美。

南朝
青釉高足盘
高 7cm
口径 13cm
足径 11cm

实用的果食盘类器。胎体厚重，造型端庄。浅腹盘体配粗大的喇叭足，盘与足壁均弧，两者结合得天衣无缝，青青的釉色，透出诱人的光芒。不同的造型与釉色适合不同阶层的人。

南朝 青釉五联供台 通高18.5cm

　　《楚辞》中"室中之观多珍怪，兰膏明烛华容备"的诗句，表明中国古代很早就已用烛照明。三国两晋时期瓷烛台的造型即已出现，以后各代的瓷烛台造型各具特点。此器底座为圆形，表明浮雕双重覆莲，上托一长条形横板，板上平列管供插烛用。

南朝
青釉四联供台
通高 20cm
最长 16cm
底径 11cm

　　长条形案板上搁四个直口深腹竹节状小杯，下承倒置的高柄莲蓬状碗。剔刻清晰的莲花图案，是南朝佛教盛行的反映。独特的佛事器具显得端庄肃穆，神秘迷茫。

南朝
青釉油灯
口径 10.2cm
高 23.3cm

　　古代除用烛照明外，还使用动植物油作燃料来照明，出现了各式各样的油灯。此件南朝油灯的平底盘中立一筒状中空柱，柱身有二孔，柱上端托半球形碗，碗内有一管与立柱相通。底盘围绕立柱浅浮雕一周双重莲瓣纹。

南朝
青釉烛台
通高 3.5cm

　　平底盘内底中央置凸状圆圈,可置放蜡烛。在盘口沿一侧自内向外贴塑箭状弧曲把柄,方便实用,使呆板的平底烛台,一下子灵动起来,集艺术性和实用性于一体。

南朝 青釉灯 通高 6cm 盘口径 11cm 底径 6cm

　　古代照明用具。盘的中央塑一凸圆圈,其口沿立一圆柱,柱上端塑圆环。造型精雅别致

南朝　青釉盘托三足炉　通高8.3cm、炉口径8.9cm、盘底径6.6cm

　　炉底边缘附三足与托盘相粘连,托盘足呈圆饼状,炉与托盘的口沿均方唇,形体饱满。器体施青色釉,釉厚莹亮,釉面开细冰裂纹。

南朝　青釉盘托五足炉　通高7.3cm、炉口径6.8cm、盘底径6.7cm

　　炉近底部承五兽爪足,外腹壁满饰弦纹,形体雅致。施青绿色釉,釉面开细冰裂纹。

南朝 青釉盘托三足炉 通高9.8cm 炉口径8.8cm 盘底径9.7cm

　　炉底边缘附三足，与圈足盘相连在一起。与众不同的是托盘一改常见的圆饼足而呈喇叭形高圈足，炉体造型庄重，施釉肥厚滋润。

南朝
青釉盘托三足炉
高7.3cm
口径9.2cm
底径12.8cm

　　炉底部边缘三蹄足承于盘内，两者协调一致，棱角分明，整齐端庄圆润的造型，配以晶莹的青黄色釉，令人赏心悦目

南朝 青釉博山熏炉 高18cm 底径13cm

"欢作沉水香,侬作博山炉",重重叠叠的莲瓣花蕊中间站立一只展翅欲飞的仙鸟,下承浅腹平底盘。其雕刻、捏塑较东晋时简化,更注重莲瓣装饰,青黄的釉面玻璃质感强,开冰裂纹片,釉积晶处呈墨绿色。器物造型独特,设计巧妙,为上乘之作。炉中升腾的烟气,既可消除居室内的恶秽之味,又可驱蚊蝇、杀菌、祛邪。

南朝 青釉五管器 通高 8cm

　　器体肩部置四个圆管状物，与口颈部相粘连，但与器内不相通，沿袭汉代的五联罐造型，但较其简化。有作招魂、插花之用，还有人认作油灯之用，多种说法，还有人认为是中国传统的"五行"学说在艺术品上的反映，四圆管加上器物的圆口为五圆管，即喻示五行说的"金、木、水、火、土"。

南朝
青釉六管器
通高 9cm

　　器体肩部围绕
圆筒状口颈置五个
圆管状物，腹部镂
空。造型奇特，制作
规整，精致美妙。

南朝 青釉五足砚 通高 14cm **口径** 22cm

　　古代文房用具之一，汉晋时流行瓷砚，唐代石砚开始盛行。器物造型端庄典雅，显文人雅士风范。

南朝　青釉瓢尊
高 8cm、口径 13cm、底径 7cm

器作圆形钵状,口沿自内而外塑箭头状短把柄。肥厚的釉层,玻璃质感特强。近底的积釉痕,呈墨绿色,似绿宝石点缀其间,让人爱不释手。器型古朴大方,沉稳庄重,应为祭祀之器。

南朝
青釉瓢尊
高 6.5cm
口径 11cm
底径 5.4cm

器体自外腹壁沿口沿塑贴一箭头形把柄,透出一种威严感。器物内外满釉,釉面开冰裂纹,造型非常优雅、大方,为洪州窑辉煌时期的成熟青瓷产品。

南朝
青釉镳斗
通高 12cm
口径 12.7cm
底径 7.7cm

圆唇,斜折沿,浅饼足,腹部近底附3蹄足,腹上部一侧塑一长条状把柄。造型较晋时把边更长,腹更深,足更高了。

南朝 青釉耳杯盘 通高 4cm 盘口径 18cm 底径 12cm

　　船形杯，杯体高于托盘。器身布满细小冰裂纹，洪州窑工化腐朽为神奇，极具艺术感。该器出土于南朝梁天监九年（公元 510 年）墓中。

南朝
青釉耳杯盘
高 4.2cm
口径 19cm
底径 12.5cm

　　口沿内侧有二道凹弦纹，端巧圆润的器物，除了满身的青黄釉外，杯内底有厚厚的积釉，杯与盘相交处留存黄色的土锈痕，透射出悠久的历史信息，让人萌生悠悠的思古之情。

南朝
青釉耳杯盘
通高 5cm
口径 17cm
底径 4cm

船形杯置于大平底盘中央，满施青绿色釉，积釉处呈墨绿色。

南朝 青褐釉分格盘 高 3cm 口径 15cm 底径 15.4cm

　　器体趋矮，胎变薄，施青泛褐黑釉，在南朝瓷器普遍为青绿色中，难见这种青褐釉作品。

南朝
青釉分格盘
高 4cm
口径 13cm
底径 14cm

　　果盘，造型承袭漆盘。盘内分隔两圈，内三格，外六格。器物切削痕迹清楚，棱角分明，用刀干净利落，显出工匠熟练的技巧。

南朝
青釉分格盘
高 3.5cm
直径 13.8cm
底径 14.3cm

　　青釉泛黄色，盘内的分格墙较圆滑，使器体显得不呆板。

南朝 青釉五盅盘 高3.5cm 口径15.3cm 底径15cm

又称盏盘。盘内的五盅用釉与盘相粘连。类似今日的果盒，釉莹润细腻，造型精巧。

南朝 青釉五盅盘 高4cm 直径16cm

盘内五盅的口沿低于盘口。满施青绿色釉，积釉深处呈墨绿色，晶润剔透。器物功用反映了当时社会生活的风俗习惯。

南朝 青釉五盅盘 高4cm 直径14cm

青绿色釉面柔润光亮，具有一种柔和淡雅的风格。既是实用器又是一件出色的艺术品。

隋 青釉象首流军持 高 23cm 口径 2cm 底径 8cm

　　宗教用器，以往人们多用唐代诗人贾岛《访鉴玄师侄》中"我有军持凭弟子，岳阳溪里汲寒流"的诗句，说明唐代已开始出现。这件器物证明至少在隋代就有军持作品。

洪州窑作品集

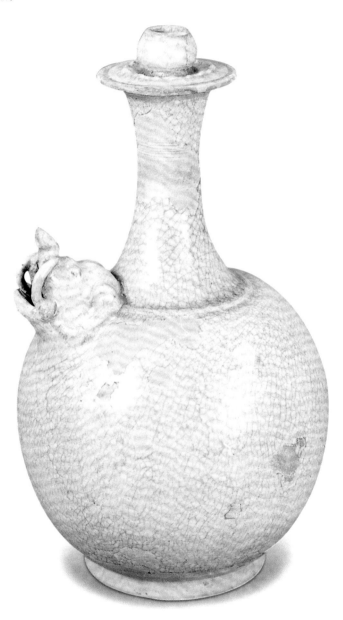

南朝 青釉船形灶
通高 15cm

灶呈船形,前端设梯形挡火墙,下方开弧形灶门,灶口放有柴火钳,灶左边立一梳双髻的女俑,右边卧一狗。灶面开二孔,置甑、锅,灶面一侧置一勺,尾端镂一出烟孔。旁边立一梳双髻妇俑作烹饪状。器物雕塑考究,人物生动传神,真实地反映当时人们厨房炊事的活动场景,生活气息浓厚。

隋 青釉双系盘口壶
高 20cm 口径 11cm 底径 12cm

腹部圆鼓,近底部内收,线条流畅,造型饱满。器物胎体厚重,显凝重感。盘口的棱角分明硬挺,与整器的圆润配合得恰到好处。

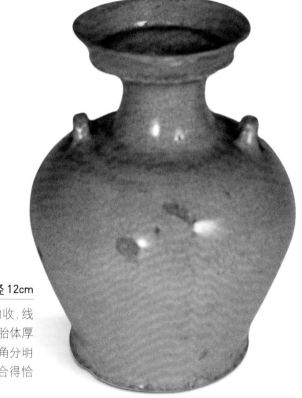

隋 青釉莲瓣纹四系盘口壶 高 36.8cm 口径 16cm 底径 11.8cm

  整体造型延续南朝特征。平底内凹，肩置六个桥形系，腹部弦纹上下刻画覆莲瓣和仰莲瓣纹饰。青绿釉微带黄色，釉层较薄，晶莹透亮，釉施至腹下部，有垂釉现象。出自隋开皇三年（公元 583 年）墓是研究隋瓷文化难得的实物资料。

隋 青釉莲瓣纹六系盘口壶 高 27cm 口径 12cm 底径 13cm

颈部饰有两道简化的凸弦纹，腹部施上、下对称的覆、仰莲瓣纹，在莲瓣内分别锥刻花纹，肩部贴塑六个泥条系，使器皿显得华丽。

隋 青釉弦纹六系盘口壶 高 41cm 口径 13cm 底径 14cm

　　典型的隋酒具。肩腹部施覆莲瓣纹，圆头莲瓣线条流畅，瓣纹雍容饱满，造型高大庄重，棱角规整分明而又不失圆润，釉层肥厚均匀，玻璃质感强。

隋
青釉长颈四系盘口壶
高 35cm
口径 9.5cm
底 8.8cm

盘口较深，唇沿平折，长颈，上腹部鼓，下腹渐内收，肩部置四个对称双泥条系。外壁可见清晰的轮旋痕，如此大的器物采用拉坯成型，足见窑工的技术之高。

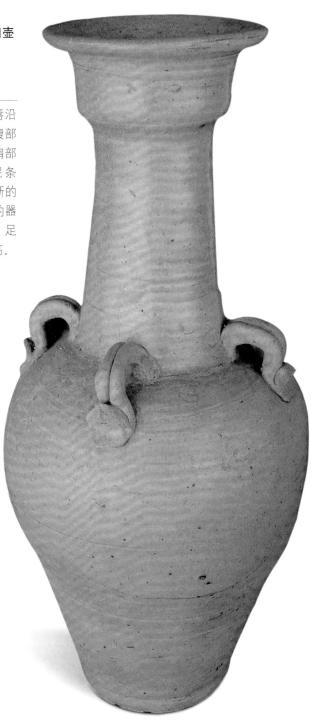

隋 青釉莲瓣纹盘口壶 高33.5cm 口径15cm 底径17cm

在颈部堆塑二周凸棱，在腹部堆塑一周花瓣纹，既起加固高大的瓶体的作用，又起到装饰艺术的独特效果，青泛灰黄色的釉面透出淡淡的黑斑，更显其古朴而华丽的视觉艺术效果。

隋 青釉带盖唾壶 高11.7cm 8.4cm 口径11cm

　　盘状盖与壶体结合紧密。盖中间塑一桃形钮，雅致小巧。这类卫生用器往往难以发现盖配套出土，此器表明当时人们对清洁卫生十分讲究，所制盛污器既实用又美观，系洪州窑高档产品。

隋
青釉带盖唾壶
高11.4cm
口径8.3cm
底径10.6cm

　　盘状盖中间下凹，塑一桃形钮，钮体刻画纤细的莲瓣纹。这种卫生用具，配以紧密的盖，更加雅致得体。

隋 青釉温酒瓶 瓶高 15cm 钵口径 17cm

　　二件器物成套出土，为了解该类器物的功能配置提供了形象资料。古人饮酒喜用热水加温，温酒瓶流行于宋代，这套隋温酒器无论从其造型和釉色上看都属上乘，况且作为年代最早的温酒器更显珍贵。瓶口沿外撇，圆鼓腹，使器物显得饱满圆润。

洪州窑作品集

隋

青釉擂钵

高 15cm

口径 13cm

足径 10cm

整器制作规范，一丝不苟。是洪州窑青釉擂钵中的姣姣者。反映了隋饮茶风尚兴盛的社会生活习俗。明清以前饮茶并非用沸水直接冲茶叶喝饮，而是用茶饼冲饮，茶饼除茶叶末之外还掺有生姜、花生、大蒜、芝麻、糯米等，这些原料都需要碾磨捣碎，实为当时饮茶习俗的见证。

隋

青釉四系罐

高 52cm

口径 19.8cm

底径 14.5cm

高领，微束颈，圆鼓腹，肩部置四个对称的双泥条状系，呈现典型的隋瓷风格。上腹部塑二道凸棱，起着加固和美化器物的双重作用。

隋
青釉印花钵
及印模
钵高 6cm
口径 20cm
底经 8cm
印模长 6cm

洪州窑作品集

模呈长束腰状，两端刻花。一端为圆形，刻宝相花；一端为椭圆形，刻树叶纹。而钵内的花纹正好是模印的宝相花和树叶纹，两者相互印证，真可谓一拍即合。为洪州窑一种精湛、创新的装饰手法。

隋 青釉莲瓣纹碗 高7.3 口径13.2 足径5.9厘米

　　隋典型碗类之一。口沿下饰弦纹一周，腹部饰仰莲纹，莲叶较尖，显得清瘦秀丽。青釉不满身，釉层较薄，晶莹光亮，黄白色胎，胎骨坚致。

隋 叠烧青釉莲瓣纹碗 通高8.4cm 口径13.2cm 底径5.4cm

　　青泛绿色釉，胎釉间涂施化妆土，过渡柔和。外腹饰一周简笔莲瓣纹。内套烧青釉盏，表明器物采用大小依次套烧而成。这是隋使用的匣钵装烧工艺的物证。

隋
青釉印花圜底钵
高 5cm
口径 13cm
底径 4.8cm

　　钵内底五组涡纹，犹如五朵旋花，有着韵律般的动感。自古以来水涡纹一直是人类艺术的体裁之一。人们常将源源不断的水流视为永恒存续的生命。

隋
青釉印花圜底钵
高 4cm
口径 10.9cm
底径 3.6cm

　　围绕内底一组流动的同心圆纹外有六棵绿树，构图富有规律性，这类大自然物种的图案，在隋洪州窑器物上盛行，说明时人对绿色植物、大自然的崇尚。

隋 青釉浅腹碗 高5.8cm 口径12.8cm 底径5.2cm

青灰色釉，开满细冰裂纹，作品精致和圆润。

隋 青釉深腹杯 高5.8cm 口径8cm 足径2.8cm

　　深腹而肥胖的杯体，配以小巧的饼足，看似摇摇欲坠，实为立足平稳。亮丽的青黄色，釉面的细小开片自然流畅。

隋
青釉直口杯
高 7cm
口径 10cm
足径 3cm

　　青色釉面开
细冰裂纹，胎釉
之间施一层灰白
色化妆土，其接
合处更为明显。
造型及胎釉均具
有隋典型特征。

隋
青釉高足杯
高 9.5cm
口径 9.8cm
底径 6.7cm

　　与南朝同类
器造型相同，不
同的是在胎釉间
施有一层灰白色
的化妆土，这是
洪州窑工在隋代
取得的一项重要
制瓷技术成果。
外腹部留有红色
的土锈斑痕。

隋 青釉高足杯 高7cm 口径11cm 底径7cm

　　器腹浅宽，喇叭形把足趋矮，呈饼足状。器内底戳印一周宝相花和朵花纹，施青灰色釉，釉层均匀。

隋 青釉镟斗 通高4.9cm 口径8.9cm 足高1.4cm

　　平底，底部边缘附3个小乳足，唇沿一侧塑短小乳状把柄。器型较前朝浅矮，把柄及足均矮小，呈现退化的趋势，表明该类器物的历史命行将结束。

隋 青釉印花盖盒 高 8cm 直径 13cm

　　隋时瓷盒的应用越来越多，有取代漆盒的趋势。盒盖装饰意示清高、飘逸的菊花，表达时人在精神方面的追求和向往。釉色青绿，外腹可见明显的轮旋痕。

隋 青釉莲瓣纹圆盒 高9cm 直径13cm

　　四道凸棱将微隆的盖顶面分隔大小不一的4
个区，最内两区刻画莲瓣纹，第3区及盖壁各饰
一周卷草纹，盖沿施短竖条纹，盒腹壁锥刺一周
双层仰莲瓣纹，外壁裹青黄色釉。

隋 青釉莲瓣纹盘 高4.2cm 口径22cm 底径9cm

　　内底心一周弦纹外剔刻一圈尖状莲瓣纹，并留存5个支钉痕，显露隋特征无疑。玻璃质的釉面晶莹亮丽，釉厚处呈湖水绿色，犹如碧波荡漾的湖泊中丛丛荷叶在随风摇摆，文人那种回归清净空寂、远离凡世、亲近自然的思想在作品中得到生动体现。

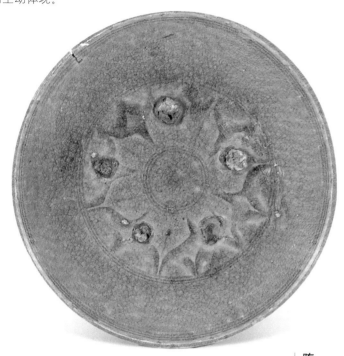

隋
青釉重圈纹圆底盘
高3cm
口径14cm

　　胎釉显示出隋的特征。内底留存的3个支钉痕表明该类器物采用支钉迭烧而成，以减少烧造成本。内底心一周弦纹内装饰三个重圈纹，保留有南朝的装饰遗风，但较其简化，是该类纹饰的衰落象征。

隋
青釉莲瓣纹盘
高 3cm
口径 21.9cm
底径 12cm

内底心一
周莲蓬留存南
朝遗韵，但莲
瓣的表现手法，
却呈现出隋时
新时代的特征，
中间的叶脉凸
显，增添了花
瓣的活力。为
一件艺术性较
强的作品。

隋 青釉烛台 通高 4cm

圆饼状足盘的中心置一圆管状烛台，台面高出盘口沿，浅弧腹盘承接烛灰
及油渣。外施青黄色釉，胎釉间可见一层清晰灰白色化妆土。造型规整，线条
圆润。

隋 青釉八管器 高 12cm 腹径 12cm

　　圆溜的肩部塑七个圆筒状器环绕器颈，环列有序，与器腹不通。青泛绿色釉面开细冰裂纹，器物转折积釉处留有墨绿色结晶。

隋 青釉十足砚 高7cm 口径18cm

　　圆盘状，砚面微上凸起。外壁下部附十个兽足。造型稳重大方。青泛褐色釉，釉料由于在烧造过程中产生积釉，经窑火变化后，薄处呈青色，积釉厚处泛褐色。这种高档瓷砚是洪州窑独有的作品。

隋 青釉五足砚 高3cm 直径14.6cm

　　圆形砚盘，外腹壁中间有一道凸棱，外壁附5个矮兽足。砚心凸起，周壁有一道浅凹槽。砚台更趋实用，艺术性感更强。晶莹剔透，是件精致文具。

唐
青釉四系盘口壶
高12cm
口径8cm
底径10.2cm

　　浅盘口，从盘口与腹颈部的比例来看，传统的盘口壶有向喇叭状口转化的趋势。所施青黄色釉，格外明亮。做工精致，造型规整。

唐
青釉四系盘口壶
高 38cm
口径 15cm
底径 12cm

盘口,粗长圆筒状颈,肩部置五个横向半环状系。系耳保留了隋的遗风,在各名窑走向没落的时期,仍创造如此硬朗挺拔、精致的器皿,说明洪州窑工十分看重器皿的制作质量,这类器皿不久就被更为实用的执壶所取代。

唐
青釉瓜棱罐
高 16cm
口径 9cm
底径 12cm

　　瓜棱状，饱满
圆润，极富唐风韵，
肩部及圈足的突棱
装饰，极富艺术的
想像力。

唐
青褐釉执壶
高 20cm
口径 7cm
底径 8cm

　　随着时代的进
步，人们的思想观
念更趋向于美观和
实用性，器物的形
制也随之发生变
化。直口，瓜棱腹，
短流，执柄，极具晚
唐特征，充满新的
生活气息。

唐 青褐釉钵 高6cm 口径14cm 足径6cm

所施的青褐色釉，经窑变成了一种意想不到的效果，有如天工之作。

唐
青褐釉钵
高4.6cm
口径11.6cm
底径4.4cm

　　造型及纹饰作风承袭隋，器内壁上、下两组弦纹和内底心一组弦纹内压印的朵花纹，有似整器在不停旋转，动感强烈。

唐 青褐釉凸棱碗 高 7cm 口径 14.8cm 足径 8cm

　　工匠刻意在器体外腹中间旋出一道凸棱，既增加了器物的层次感，又起加固深腹大口的容器的作用。仿金银器的造型，与西安何家村窖藏出土的同类银碗相同。

唐
青褐釉碗残片
残高 4cm

　　内底留存的垫块烧痕，反映了晚唐五代洪州瓷的装烧特征。内底戳印宝相花纹，应是隋印花的遗风留韵。

唐
青褐釉盘
高 3cm
口径 16.9cm
底径 4cm

　　唐洪州瓷品一改前朝的青或青泛绿釉的风格，釉色多呈青褐，施半截釉为其特征，这从一个侧面反映其时人们的审美观念和生活习俗。它有着新的文化气息。

唐
青褐釉碗
高 6.6cm
口径 4.8cm
足径 7.6cm

　　灰胎，胎釉间涂一层灰白色化妆土，使表面的青褐色釉均匀、光洁、亮丽。

唐
青釉杯
高 5cm
口径 8cm
底径 3cm

　　圆唇，唇沿外撇，腹壁外弧，中间略收，小饼足。外壁施青黄色釉，釉面开细小纹片，釉层均匀，造型小巧精致。

唐 青褐釉杯 高4.8cm 口径8.2cm 底径4.4cm

　　器型端庄饱满，圆饼足，在胫部有一道平切的旋削平台，乃是唐洪州窑制作工艺的一大特征。

唐
青釉杯
高4.7cm
口径8cm
底径4cm

仿西亚金银器
造型，青黄色釉
均匀，亮丽。无
釉处露紫红色
胎体。

唐 青褐釉重圈纹杯 高4.8cm 口径8cm 底径4cm

　　器型清瘦修长，纹样规整清晰，制作精致。模仿波斯凸纹玻璃杯的式样，釉色呈青褐色，为唐洪州窑的典型作品。唐中西文化交流频繁，就连远离西亚数千公里以外的洪州（南昌）也与西亚商人交往，反之洪州窑的瓷器也远销西亚。

唐 青褐釉重圈纹盏 高5.2cm 口径10.9cm 足径3.8cm

　　唐是饮茶习俗大为流行的时期，洪州窑大量生产不同造型的盏、杯类茶具。此器内外腹壁半施青褐色釉，外腹一周弦纹，戳印一周重圈纹，乃模仿萨珊王朝玻璃杯的凸纹装饰。瓷器上的重圈纹却是洪州窑特有的，系当时的一种高档茶具。

唐 青黄釉重圈纹盏 高5cm 口径11cm 足径4cm

外腹一周简化的重圈纹，线条非常流畅，恰似溪流中湍急的旋涡，有一种动感，显示了洪州窑工熟练的技艺和对生活的深刻理解。

唐 青褐釉梅花纹盏 高5.2cm 口径10.7cm 足径4.2cm

所绘梅花象征严寒、坚忍，中国文人极喜欢用梅花作题材。洪州窑工在模仿西域纹样的同时又创造出将中国文化传统的梅花纹样装饰在盏外腹。

唐
青褐釉杯
高 5cm
口径 7.2cm
底径 3.6cm

　　陆羽《茶经》
"洪州瓷褐，悉不
宜茶"，见到这件
釉层肥厚、圆润、
晶莹剔透的青褐
色釉上佳茶杯，
谁都会发出陆羽
品评洪州窑瓷器
仅仅是其个人偏
见的感叹。

唐 青褐釉多足砚 高 5cm 直径 14cm 足高 4cm

　　辟雍状砚池，砚外腹塑 20 个马蹄足，一侧塑一对椭圆形敛口小盂，除了作插
笔之用外，我们认为亦兼作笔掭之用。釉面晶莹剔透，既是考究的文房用具，又
是一件十分高档的陈设艺术珍品。盛唐时期国力强盛，文化同样发达，人们对美
的追求，表现在砚台造型的多样化和艺术化。

唐 青褐釉多足砚 高4.8cm 直径14.4cm

　　砚面凸起，池壁有一周较深的凹槽，有如周围环水状，故名为"辟雍砚"。唐文人不但在饮茶时追求器物的体形美和象征喻意，而且在咏诗作画时，也要求器皿具形体美和富有象征意义，追求"涤砚松香起，擎茶岳影来"的意境。

唐
青釉七联盂
高 5.2cm

　　七个大小相同的敛口鼓腹圆饼足小盂相粘连在一起，置在一块扁平垫板上。这种罕见的构思奇巧的分储不同颜料的器皿，应是当时书画市场需求而创作出来的新文具，今日绘画的分格调色盘来源于此。其时不但砚台流行，不同形状、容量的水盂频繁出现，唐文化的昌盛可见一斑。

唐
青釉高台灯盏
通高 17cm

　　喇叭状高把灯盏置于另一喇叭状浅盘中，宽喇叭足便于置放台面，高耸的器型，将照明的范围更扩大，也便于移动，灯烛油污落于承盘中，干净卫生。

图书在版编目（ＣＩＰ）数据

洪州窑作品集／张文江主编．
—武汉：湖北美术出版社，2005.2
（古玩与收藏丛书）
ISBN 7-5394-1669-6

Ⅰ．洪…
Ⅱ．①张…
Ⅲ．古代陶瓷—江西省—图集
Ⅳ．K876.32
中国版本图书馆 CIP 数据核字 (2005) 第 000155 号

特约编辑：刘诗中
责任编辑：余　澜
封面设计：王祥林
技术编辑：祝俊超

湖北美术出版社
HUBEI FINE ARTS PUBLISHING HOUSE

洪州窑作品集　　　　　　　©张文江　主编
_____

出版发行 湖北美术出版社
地　　址 武汉市武昌雄楚大街 268 号 C 座
电　　话 (027) 87679520(21、22)
传　　真 (027) 87679523
邮政编码 430070
印　　刷 深圳华新彩印制版有限公司
开　　本 889mm × 1194mm　1/32
印　　张 4.25
印　　数 4000 册
版　　次 2005 年 3 月第 1 版　2005 年 3 月第 1 次印刷
书　　号 ISBN 7-5394-1669-6/K · 58
定　　价 38.00 元